Agathe B

Mes remerciements
à Mme Geneviève Bresc, conservatrice au Louvre, pour ses conseils
et au CNL pour son aide

Loi n° 49.956 du 16 juillet 1949 sur les publications
destinées à la jeunesse :
septembre 2001
Dépôt légal : janvier 2003
Imprimé en France par IFC à Saint-Germain-du-Puy

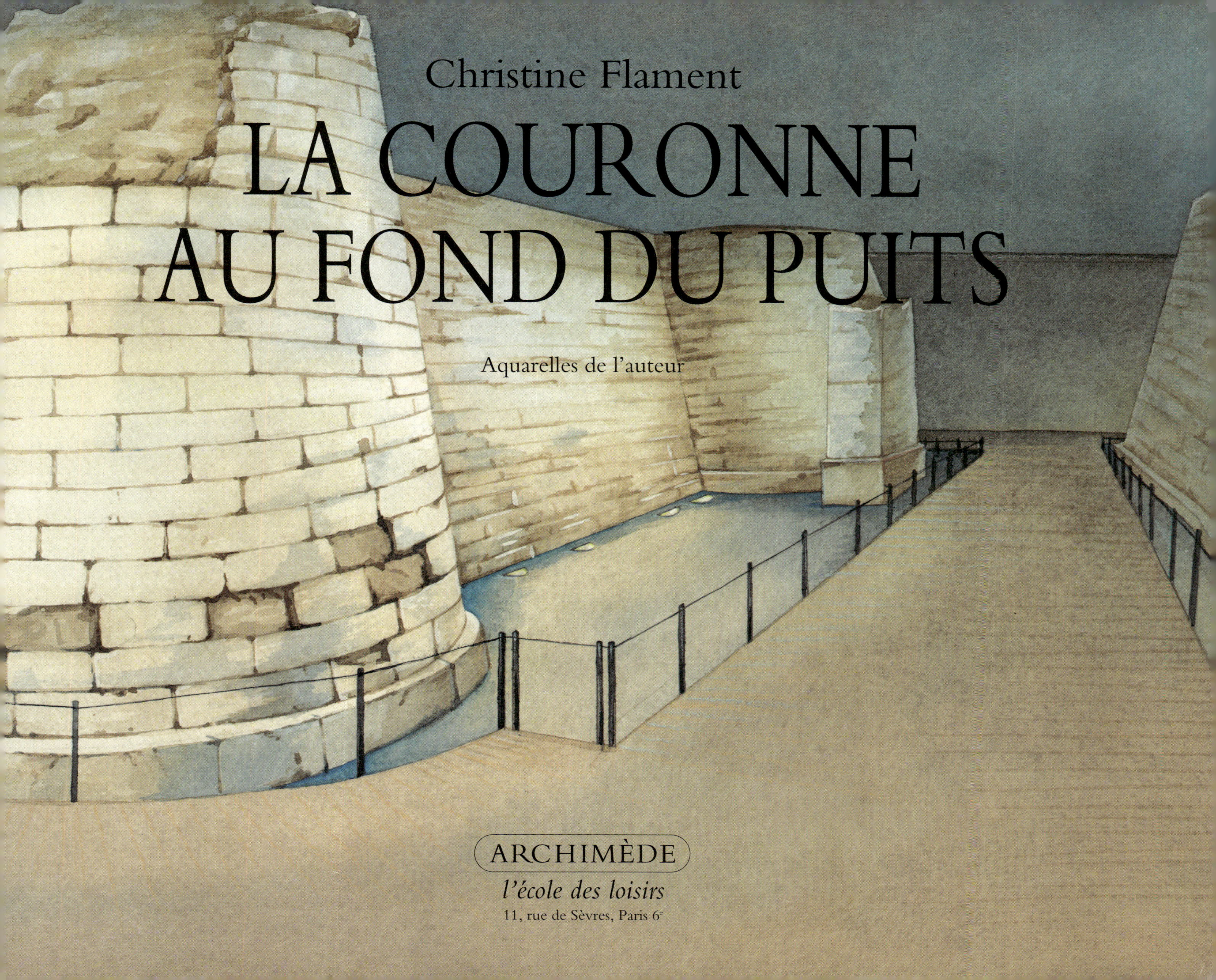

Christine Flament

LA COURONNE AU FOND DU PUITS

Aquarelles de l'auteur

ARCHIMÈDE
l'école des loisirs
11, rue de Sèvres, Paris 6e

Au Louvre, il y a un secret.
C'est Maman qui me l'a dit.
L'autre jour, elle m'a entraîné
jusque dans une petite salle.
En passant par les anciens fossés, elle a chuchoté :
« Écoute, on croit encore entendre
dans le silence palpiter les cœurs de ceux
qui ont construit ces murailles. »
Il faisait sombre, elle avait l'air bizarre.
Nous nous sommes arrêtés devant
une vitrine. Dedans se trouvait
un casque orné d'une couronne
de fleurs de lys.
Il luisait dans la pénombre. Mais quoi ?
Elle m'avait emmené jusque-là
pour voir ça ?
Tu parles d'un mystère !
« Tu sais ce qui m'intrigue ? m'a
demandé Maman. Ce casque a été
retrouvé au fond d'un puits,
avec la couronne à côté, toute cabossée.
Ils appartenaient au roi Charles VI.
On a reconstitué l'ensemble pour l'exposer,
mais moi, je me demande bien
comment il a atterri là. »
J'ai regardé Maman avec des yeux ronds.
Elle m'a alors raconté une étrange histoire.

«Bien avant la Pyramide, bien avant le Grand Louvre, là où aujourd'hui tout n'est que bruit et confusion de voitures, se dressait un château fort, ceint de murailles, entouré de champs, d'arbres et d'oiseaux. Et la Seine coulait tout à côté. Là demeuraient les rois de France.

Du temps où cette couronne n'était pas encore toute cabossée, le roi Charles VI régnait sur la France. On l'appelait le "Bien-Aimé". Pourtant, il n'était plus capable de gouverner son pays…

Un matin de ces années 1400, le roi Charles VI se réveilla de fort méchante humeur. Son casque avait disparu. C'était un objet qu'il aimait beaucoup, tout en bronze doré, avec, fixée dessus, une couronne de fleurs de lys et tout un décor de feuillages. Une belle réussite, mais voilà… ce chef-d'œuvre s'était envolé. Pas moyen de remettre la main dessus. Et pour le retrouver, ç'allait être difficile. Charles perdait complètement la mémoire. Depuis longtemps déjà, il avait des crises de folie.

Tout avait commencé bien des étés auparavant, un jour qu'il chevauchait avec une escorte dans la forêt du Mans. Il faisait si chaud… À force de se refléter dans les armures, le soleil l'agaçait. « Ne va pas plus loin, noble roi, car on te trahit ! » lui cria un mendiant.

Charles VI avait sursauté. Il s'était cru attaqué par ses propres gardes. Il avait brandi son épée, s'était rué sur eux. Avait ferraillé contre eux. Comme un furieux. Et laissé pour morts quatre d'entre eux.
On avait eu beaucoup de peine à le calmer. Depuis, il ne se souvenait plus bien de ce qu'il faisait et les affaires de la France étaient assez malmenées.

Charles monta tout en haut de la tour du Coin, qui dominait la Seine. Le jour se levait sur l'île de la Cité et l'eau prenait une couleur argentée. Tout semblait calme. Quelques paysans vaquaient à leurs occupations. Le froid était vif. L'hiver s'annonçait.

Les cloches de Saint-Germain-des-Prés se mirent à sonner. C'était rassurant. Charles VI réfléchit : « Où peut bien être ce casque ? Quand est-ce que je l'ai perdu ? Est-ce que c'était hier ? »

La veille, il s'était promené dans les champs, en face du Louvre. Ça, il s'en souvenait. Et le casque était bien sur sa tête à ce moment-là. Alors, il décida de refaire le même chemin. Il réussit à déjouer l'attention de ses gens et sortit seul. Haussé sur ses étriers, il voyait loin. Mais pas de casque à l'horizon. On était en novembre. Des révoltes éclataient un peu partout dans le pays, si bien que les paysans avaient pris du retard dans leurs semailles et leurs labours. Des murmures de mécontentement saluaient le passage du souverain. En s'offrant à leur vue, ce fol leur rappelait que tout allait mal au royaume de France.

Maintenant, Charles se souvenait.
Hier, à cet endroit, un dragon l'avait attaqué.
Il avait eu toutes les peines du monde à repousser le monstre.
Et puis d'autres créatures tout aussi épouvantables l'avaient assailli. Il avait entendu leurs rires féroces autour de lui.
« Triste sire, que fais-tu de la France ? lui criait l'une.

– Tu ne fais que t'amuser; pendant ce temps, qui gouverne ? ricanait l'autre.
– Isabeau, ta femme, complote contre toi. Elle te joue des tours ! vociférait une troisième.
– Ah, ah, hardi, mon roi ! Tu es un incapable ! » hurlaient-elles toutes.

Ses démons lui menaient la vie dure ! Il pensa que, dans l'affolement, il avait peut-être perdu son casque. Mais non, c'était impossible ! Folles rêveries que tout cela.

Charles chevauchait, l'âme sombre. Quelques flocons voltigeaient dans l'air. Il mit pied à terre. Son chien jappait devant un paysan qui donnait des coups de bâton dans les branches d'un chêne. Les glands tombaient dru et les cochons s'en régalaient. Le souverain les observa. Il ne pensait plus à son casque.

En face, dans l'île de la Cité, les affaires de la France se décidaient sans lui. Il y avait beau temps qu'il ne fréquentait plus le Palais. Ses oncles gouvernaient à sa place.

«Et ces deux-là qui chuchotent dans leur coin, se demanda-t-il. Ne se moquent-ils pas de moi ?»

Au bord de l'eau, le passeur lui dit: « Allez, mon roi. Ton casque n'est pas ici. Retourne au château. Le ciel s'obscurcit et tu y seras plus au chaud. »
Les noires pensées de Charles se dissipaient. Quelle idée aussi de vouloir retrouver une couronne dans les champs!
Le trafic des barques s'était intensifié au cours de la journée. On acheminait par le fleuve toutes sortes de marchandises à Paris: bois, vin, sel, foin, céréales.

Sur ses berges, s'exerçaient de nombreux métiers: marchands, déchargeurs, portefaix et même pêcheurs à la ligne, car la Seine était riche en poissons.
Il fallut quelque temps au roi pour regagner l'autre rive.

Le roi fut heureux de retrouver la demeure de ses ancêtres. Son père, Charles V, l'avait aménagée en somptueux palais. Dans une des tours, se trouvait une riche bibliothèque. Les livres étaient choses précieuses et certains étaient magnifiquement enluminés.

Dans la cour, du monde se pressait. Mendiants mais aussi marchands et paysans qui approvisionnaient l'endroit.

Il aperçut Christine de Pisan, entourée de quelques dames, qui apportait un livre promis. C'était une femme de lettres dont on aimait les écrits. En ce règne douloureux, elle parlait simplement de Droiture, Justice, Beauté, Douceur et Amitié, et tout le monde se mettait à espérer des jours meilleurs.

La neige tombait de plus en plus fort et effaçait toute trace, s'étendant comme un linceul sur la mémoire du souverain.

Dans la cour du donjon, Charles s'arrêta. Des boules de neige fusaient. Petits princes et jeunes paysans, tous les enfants du château s'étaient retrouvés le temps d'un jeu. À cette époque, on se côtoyait facilement. Tout un petit monde habitait là pour l'intendance du château.
«Ces enfants-là pourraient bien avoir pris mon casque, pensa Charles. C'est un jouet bien plus drôle qu'une épée ou un cheval de bois. Peut-être l'ont-ils caché quelque part. Il faut que je m'en assure.»

Il se souvint alors que, la veille, il y avait eu un terrible remue-ménage dans la cour. Il avait vu ses gardes courir après deux tire-laine, ceux-là même qui chuchotaient au bord de la Seine, tout à l'heure. Quelle cavalcade ! L'un d'eux tenait un objet volumineux serré contre lui. C'était sûrement son casque. Il fallait découvrir s'il s'en était débarrassé et où.

Charles eut l'idée d'aller questionner Isabeau de Bavière, la reine.

Il l'avait épousée bien des années auparavant. Au début, ils avaient vécu dans un tourbillon de fêtes, mais, avec la folie de son époux, Isabeau avait pris ses distances. Ils se parlaient peu, mais peut-être saurait-elle quelque chose sur ce vol.

Elle se tenait parmi ses dames d'atour, recevant le manuscrit de Christine de Pisan. La reine était l'amie des artistes, mais quant à veiller aux intérêts du royaume, c'était autre chose. Elle dépensait sans compter, se perdait en fêtes et réceptions, et surtout ralliait des causes qui ne cherchaient pas toujours le bien de la France.

Au fond, ce n'était peut-être pas une bonne idée de lui parler du casque. Il y avait longtemps que Charles et elle ne s'entendaient plus. Et si elle avait voulu lui faire une mauvaise plaisanterie ?

Lui dérober son casque ?

Le cacher ?

Pire, même, s'en débarrasser ?

Comment savoir ?

Un hiver bien lointain – c'était en janvier 1393 – il y avait eu ce bal organisé par Isabeau pour le divertir. Le roi et cinq seigneurs s'étaient costumés en bêtes sauvages. Recouverts de filasse collée par de la poix, ils s'amusaient en des danses grotesques. Et puis, le drame… Charles voyait encore les hommes prendre feu aux torches de l'escorte de son frère. Quel effroi ! Quatre gentilshommes avaient péri dans les flammes. Si la duchesse de Berry n'avait pas eu la présence d'esprit de l'envelopper dans sa traîne, il aurait brûlé vif, lui aussi.
On crut que Dieu avait voulu punir une telle mascarade. Un roi ne doit pas s'affubler de la peau d'une bête ! Les cris, les flammes, la bousculade avaient marqué Charles. Et, depuis, sa raison avait tout à fait vacillé.

Découragé, Charles redescendit dans une des salles du donjon. Là se trouvait un puits. Sur la margelle, le casque brillait.
« Tout ce tumulte pour rien ! Ah, ce puits sans fond est bien le reflet de mon âme ! »
Rageusement, il s'acharna sur la couronne en essayant de l'arracher du casque. Le royaume de France allait mal ? Eh bien, qu'y pouvait-il ? Cette couronne était véritablement trop lourde à porter.
D'un geste brusque, il la jeta dans le puits. Il y eut l'écho de la couronne qui se heurtait aux parois puis un bruit d'eau, en bas, et enfin… le silence.
Le secret serait bien gardé.

«Tu crois que ça s'est vraiment passé comme ça ? ai-je demandé à Maman.
– On ne sait pas pourquoi cette couronne s'est retrouvée au fond d'un puits, m'a-t-elle répondu. On pense à des voleurs, mais je préfère croire que c'est Charles qui s'en est débarrassé dans un accès de folie, ou plutôt de lucidité. Comme si la charge de roi avait été trop lourde pour lui.
– Qu'est-ce qu'il est devenu après ?
– De plus en plus fou, il s'est retranché dans son hôtel. On le manipulait comme on voulait, et tous se sont disputé le pouvoir. Même Isabeau, qui projetait de donner la France aux Anglais ! Et lui, il est mort, seul, un jour de 1422… Oh ! Il neige sur la Pyramide. Allez, ce n'est plus le même décor, mais on a toujours les mêmes jeux !»
Ainsi, boules de neige et rires ont fusé à nouveau.

Avec son imposant donjon, ses enceintes, ses remparts flanqués de dix tours, ses fossés profonds, son arsenal, le Louvre a longtemps servi de forteresse et de prison. Dressé au bord de la Seine, il protège d'éventuelles invasions et défend l'île de la Cité où se trouve le palais royal. Après l'édification d'une nouvelle muraille autour de Paris, son rôle défensif s'amenuise. À partir de 1365, Charles V fait transformer la vieille bâtisse en fastueuse demeure. Fenêtres et gargouilles rythment la façade. Vitraux et statues apparaissent. De nouvelles salles richement décorées et une bibliothèque sont aménagées. Le souverain a transformé le Louvre en un véritable palais où il peut désormais résider.

Dans la cour, le donjon, ou Grosse Tour, abrite les archives. Haut de plus de trente mètres, il est entouré d'un fossé sec et desservi par un simple pont-levis. À l'intérieur, un puits lui assure son autonomie. Tout autour se dressent les logis pour les hommes d'armes et la nombreuse domesticité. De tout cela, il nous reste aujourd'hui une salle basse et les anciens fossés que l'on peut visiter.

Lorsque Charles V meurt en 1380, son fils Charles VI, alors âgé de onze ans, lui succède. Ses quatre oncles exercent la régence, écrasant le peuple sous les impôts et suscitant de nombreuses révoltes qui seront durement réprimées.

À dix-sept ans, Charles épouse Isabeau de Bavière, puis en 1388, il se débarrasse de la tutelle de ses oncles. Il réforme la justice et l'administration, mais les luttes de clans subsistent. Le roi vit à l'hôtel Saint-Pol où une succession de fêtes altèrent sa santé déjà fragile. En 1392, partant en expédition punitive contre un vassal, Charles aura sa première crise de folie dans la forêt du Mans. Ce qu'on a appelé le «bal des ardents», organisé un an plus tard pour le divertir, fera totalement chavirer sa raison. Il régnera encore trente ans, passant du délire à l'abattement, vivant prostré, pouilleux et sale, se faisant recouvrir de plaques de fer afin de protéger ses os qu'il croyait de verre et lacérant les tentures de son palais lors de ses accès de folie.

Les oncles revenus au pouvoir, intrigues et révoltes vont se succéder. L'été 1411, la France est en pleine guerre civile. Deux clans s'opposent: les Armagnacs et les Bourguignons. Massacres, incendies, pillages ravagent les villes. Les Anglais en profitent pour revendiquer la couronne de France. Ils envahissent la Normandie et livrent bataille à Azincourt où une grande partie de la chevalerie française périra. En 1420, avec le traité de Troyes, Isabeau renie son fils, le dauphin Charles VII, au profit du roi d'Angleterre à qui elle a donné sa fille Isabelle en mariage et qu'elle désigne comme seul héritier légitime de la couronne de France. Le jeune prince s'est réfugié au sud de la Loire en attendant des jours meilleurs: Jeanne d'Arc n'est plus très loin.

Pendant ce temps, Charles VI, abandonné de tous, coule des jours misérables dans son hôtel Saint-Pol. Il meurt le 21 octobre 1422 dans le plus grand dénuement.

Malgré ce triste règne, le peuple, plein de compassion, aura nommé ce roi: Charles le Bien-Aimé.